U0820053

我底记忆
望舒草

民国海派文化经典 · 戴望舒

Classics *of* Shanghai Culture

戴望舒 著

上海科学技术文献出版社
Shanghai Scientific and Technological Literature Press

图书在版编目（CIP）数据

我底记忆/戴望舒著．—上海：上海科学技术文献出版社，2018
（民国海派文化经典）
ISBN 978-7-5439-7704-4

Ⅰ．①我… Ⅱ．①戴… Ⅲ．①诗集—中国—现代 Ⅳ．①I226

中国版本图书馆 CIP 数据核字（2018）第 162516 号

选题策划：张 树
责任编辑：贾素慧
封面设计：周 婧

我底记忆
WO DE JI YI
戴望舒 著
出版发行：上海科学技术文献出版社
地　　址：上海市长乐路 746 号
邮政编码：200040
经　　销：全国新华书店
印　　刷：常熟市人民印刷有限公司
开　　本：850×1168　1/32
印　　张：7
版　　次：2018 年 9 月第 1 版　2018 年 9 月第 1 次印刷
书　　号：ISBN 978-7-5439-7704-4
定　　价：68.00 元
http://www.sstlp.com

出版說明

經典文化，歷久不衰的典範之作。民国海派經典文化書系輯錄中國二十世紀二三十年代的經典著作二十七種，內容涉及詩歌、散文、小說等，如戴望舒《望舒草》《我底記憶》、邵洵美《詩二十五首》《天堂與五月》、陳夢家《夢家詩集》《鐵馬集》、劉大白《秋之淚》、周瘦鵑《紫羅蘭集》、章衣萍《寄兒童們》《隨筆三種》、郁達夫《屐痕處處》《春風沉醉的晚上》、穆時英《南北極》《白金的女體塑像》《交流》、丘東平《紅花地之守禦》、蔣光慈《衝出雲圍的月亮》等，都是具有典範性的傳世佳作。

中國文化，源遠流長。晚近以來，中西文化激蕩，上海是融匯中外文明的樞紐，民國時期大批文化精英彙聚滬上，中西合璧、古今交融，孕育了獨具特色、海納百川的海派文化，留下了豐厚的文化遺産。

民國海派文化經典書系，以館藏民國珍本原版影印，精裝製作，益于讀者閱讀賞析、研究庋藏。此叢書以更加普及的方式便於讀者重溫經典，使一批市面難覓之珍貴刊本進入了普通大眾的視野。

我們致力於優秀文化的發展傳承，出版事業，精益求精，永無止境。我們期待廣大讀者不吝指教，提出寶貴意見，從而更好地滿足讀者的需求，更好地為讀者服務。

編者

二〇一八年七月

我底記憶

戴望舒著

水沫書店

目次

舊錦囊

雨　巷

我　底　記　憶

我底記憶

舊錦囊

夕陽下

晚雲在暮天上散錦，
溪水在殘日裏流金；
我瘦長的影子飄在地上，
像山間古樹底寂寞的幽靈。

遠山啼哭得紫了，
哀悼着白日底長終；
落葉却飛舞歡迎
幽夜底衣角，那一片淸風。

荒塚裏流出幽古的芬芳，
在老樹枝頭把蝙蝠迷上，
牠們纏綿瑣細的私語
在晚烟中低低地廻蕩。

幽夜偷偷地從天末歸來，
我獨自還戀戀地徘徊；
在這寂寞的心間，我是
消隱了憂愁，消隱了歡快。

寒風中聞雀聲

枯枝在寒風裏悲嘆，
死葉在大道上萎殘；
雀兒在高唱薤露歌，
一半兒是自傷自感。

大道上寂寞淒淸，
高樓上悄悄無聲，
祇那孤岑的雀兒
伴着孤岑的少年人。

寒風吹老了樹葉，
又來吹老少年底華鬢，
更在他底愁懷裏
將一絲的溫馨吹盡。

唱啊，我同情的雀兒，
唱破我芬芳的夢境；
吹罷，你無情的風兒，
吹斷了我飄搖的微命。

自家傷感

懷着熱望來相見，
冀希從頭細說，
偏你冷冷無言；
我只合踏着殘葉
遠去了，自家傷感。

希望今又成虛，
且消受終天長怨。
看風裏的蜘蛛，

又可憐地飄斷

這一縷零絲殘緒。

生涯

淚珠兒巳拋殘，
只賸了悲思。
無情的百合啊，
你明麗的花枝。
你太娟好，太輕盈，
使我難吻你嬌唇。

人間伴我的是孤苦，
白晝給我的是寂寥；

只有那甜甜的夢兒
慰我在深宵：
我希望長睡沈沈，
長在那夢裏温存。

可是清晨我醒來
在枕邊找到了悲哀：
歡樂只是一幻夢，
孤苦却待我生挨！
我暗把淚珠哽嚥，
我又生活了一天。

淚珠兒已拋殘，
悲思偏無盡，
啊，我生命底慰安！
我屏營待你垂憫：
在這世間寂寂，
朝朝只有鳴咽。

流浪人的夜歌

殘月是已死的美人，
在山頭哭泣嚶嚶，
哭她細弱的魂靈。

怪梟在幽谷悲鳴，
飢狼在嘲笑聲聲
在那殘碑斷碣的荒墳

此地是黑暗底佔領，

恐怖在統治人羣，
幽夜茫茫地不明。

來到此地淚盈盈，
我是顛連飄泊的孤身，
我要與殘月同沈。

Fragments

不要說愛還是恨，
這問題我不要分明：
當我們提壺痛飲時，
可先問是酸酒是芳醇？

願她温温的眼波
蕩醒我心頭的春草：
誰希望有花兒果兒？
但願在春天裏活幾朝。

凝淚出門

昏昏的燈，
溟溟的雨，
沈沈的未曉天：
淒涼的情緒：
將我底愁懷佔住。

淒絕的寂靜中，
你還酣睡未醒；
我無奈躑躅徘徊，

獨自凝淚出門：
啊，我已夠傷心。

淸冷的街燈，
照着車兒前進：
在我底胸懷裏，
我是失去了歡欣，
愁苦已來臨。

可知

可知怎的舊時的歡樂
到回憶都變作悲哀，
在月暗燈昏時候
重重地兜上心來，
　啊，我底歡愛？

爲了如今惟有愁和苦，
朝朝的難遣難排；
恐懼以後無歡日，

愈覺得舊時難再，
　啊，我底歡愛！

可是只要你能愛我深，
只要你深情不改，
這今日的悲哀，
會變作來朝的歡快，
　啊，我底歡愛。

否則悲苦難排解，
幽暗重重向我來，
我將含怨沈沈睡

睡在那碧草青苔，
啊，我底歡愛！

靜夜

像侵曉薔薇底蓓蕾
含着晶耀的香露，
你盈盈地低泣，低着頭，
你在我心頭開了煩憂路。

你哭泣嚶嚶地不停，
我心頭反覆地不寧；
這煩憂是從何處生
使你墮淚，又使我傷心？

停了淚兒啊，請莫悲傷，
且把那原因細講，
在這幽夜沈寂又微涼，
人靜了，這正是時光。

山行

見了你朝霞的顏色，
便感到我落月的沈哀，
却似曉天的雲片，
煩怨飄上我心來。

可是不聽你啼鳥的嬌音，
我就要像流水地嗚咽，
却似凝露的山花，
我不禁地淚珠盈睫。

我們彳亍在微茫的山徑，
讓夢香吹上了征衣，
和那朝霞，和那啼鳥，
和你不盡的纏綿意。

殘花的淚

寂寞的古園中，
明月照幽素，
一枝淒豔的殘花
對着蝴蝶泣訴：

我的嬌麗已殘，
我的芳時已過，
今宵我流着香淚，
明朝會萎謝塵土。

我的旖豔與溫馨，
我的生命與青春
都已爲你所有，
都已爲你消受盡！

你舊日的蜜意柔情
如今已抛向何處？
看見我憔悴的顏色，
你啊，你默默無語！

你會把我孤凉地抛下，
獨自蹁躚地飛去，
又飛到別枝春花上，
依依地將她戀住。

明朝曉日來時
小鳥將爲我唱薤露歌；
你啊，你不會眷顧舊情
到此地來憑弔我！

十四行

微雨飄落在你披散的鬢邊，
像小珠碎落在青色的海帶草間
或是死魚飄翻在浪波上，
閃出神祕又凄切的幽光，

誘着又帶着我青色的靈魂
到愛和死底夢的王國中睡眠，
那裏有金色的空氣和紫色的太陽，
那裏可憐的生物將歡樂的眼淚流到胸膛；

就像一隻黑色的衰老的瘦貓，
在幽光中我憔悴又伸着𡡅腰，
流出我一切虛僞和眞誠的驕傲，

然後，又跟着牠踉蹌在輕霧朦朧，
像淡紅的酒沫飄在琥珀鍾，
我將有情的眼藏在幽暗的記憶中。

雨巷

不要這樣盈盈地相看

不要這樣盈盈地相看，
把你傷感的頭兒垂倒，
靜，聽啊，遠遠地，在林裏，
在死葉上的希望又醒了。

是一個昔日的希望，
牠沈睡在林裏已多年；
是一個纏綿煩瑣的希望，
牠早在遺忘裏沈湮。

不要這樣盈盈地相看，
把你傷感的頭兒垂倒，
這一個昔日的希望，
牠已被你驚醒了。

這是纏綿煩瑣的希望，
如今已被你驚起了，
牠又要依依地前來
將你與我煩擾。

不要這樣盈盈地相看，
把你傷感的頭兒垂倒，

靜，聽啊，遠遠地，從林裹，
驚醒的昔日的希望來了。

囘了心兒吧

囘了心兒吧，Ma chère ennemie，
我從今不更來無端地煩惱你。

你看我啊，你看我傷碎的心，
我慘白的臉，我哭紅的眼睛！

囘來啊，來一撫我傷痕
用盈盈的微笑或輕輕的一吻。

Aime un peu！我把無主的靈魂付你：

這是我無上的願望和最大的冀希。

回了心兒罷，我這樣向你泣訴，

Un peu d'amour, pour moi, c'est déjà trop—

Spleen

我如今已厭看薔薇色，
一任她嬌紅披滿枝。

心頭的春花已不更開，
幽黑的煩憂已到我歡樂之夢中來。

我底脣已枯，我底眼已枯，
我呼吸着火焰，我聽見幽靈低訴。

去罷，欺人的美夢，欺人的幻像，
天上的花枝，世人安能癡想！

我頹唐地在挨度這遲遲的朝夕，
我是個疲倦的人兒，我等待着安息。

殘葉之歌

男子

你看，溼了雨珠的殘葉
靜靜地停在枝頭，
（溼了珠淚的微心，
輕輕地貼在你心頭。）

牠躊躇着怕那微風
吹牠到縹渺的長空。

女子

你看，那小鳥曾經戀過枝葉，
如今却要飄忽無跡。
（我底心兒和殘葉一樣，
你啊，忍心人，你要去他方。）

牠可憐地等待着微風，
要依風去追逐愛者底行蹤。

男子

那麽，你是葉兒，我是那微風，
我曾愛你在枝上，也愛你在街中。

女子

來啊，你把你微風吹起，
我將我殘葉底生命還你。

Mandoline

從水上飄起的，春夜的 Mandoline，
你咽怨的亡魂，孤冷又纏綿，
你在哭你底舊時情？

你徘徊到我底窗邊，
尋不到昔日的芬芳，
你惆悵地哭泣到花間。

你淒婉地又重進我紗窗，

還想尋些墜襲的珠屑——

啊，你又失望地咽淚去他方。

你依依地又來到我耳邊低泣；

啼着那頹唐哀怨之音；

然後，懶懶地，到夢水間消歇。

雨巷

撐着油紙傘，獨自
彷徨在悠長，悠長，
又寂寥的雨巷，
我希望逢着
一個丁香一樣地
結着愁怨的姑娘。

她是有
丁香一樣的顏色，

丁香一樣的芬芳，
丁香一樣的憂愁，
在雨中哀怨，
哀怨又彷徨；

她彷徨在這寂寥的雨巷，
撐着油紙傘
像我一樣，
像我一樣地
默默彳亍着，
冷漠，淒清，又惆悵。

她靜默地走近

走近，又投出

太息一般的眼光，

她飄過

像夢一般地，

像夢一般地淒婉迷茫，

像夢中飄過

一枝丁香地，

我身旁飄過這女郎；

她靜默地遠了，遠了，

到了頹圮的籬牆，

走盡這雨巷。

在雨的哀曲裏，
消了她的顏色，
散了她的芬芳，
消散了，甚至她的
太息般的眼光，
她丁香般的惆悵。

撐着油紙傘，獨自
彷徨在悠長，悠長
又寂寥的雨巷，

我希望飄過
一個丁香一樣地
結着愁怨的姑娘。

我的記憶

我底記憶

我底記憶是忠實於我的，
忠實得甚於我最好的友人。

牠存在在燃着的煙捲上，
牠存在在繪着百合花的筆桿上，
牠存在在破舊的粉盒上，
牠存在在頹垣的木莓上，
牠存在在喝了一半的酒瓶上，
在撕碎的往日的詩稿上，在壓乾的花片上，

在悽暗的燈上，在平靜的水上，
在一切有靈魂沒有靈魂的東西上，
牠在到處生存着，像我在這世界一樣。

牠是膽小的，牠怕着人們底喧囂，
但在寂寥時，牠便對我來作密切的拜訪。
牠底聲音是低微的，
但是牠底話是很長，很長，
很多，很瑣碎，而且永遠不肯休：
牠底話是古舊的，老是講着同樣的故事，
牠底音調是和諧的，老是唱着同樣的曲子，
有時牠還模仿着愛嬌的少女底聲音，

牠底聲音是沒有氣力的，
而且還夾着眼淚，夾着太息。

牠底拜訪是沒有一定的，
在任何時間，在任何地點，
甚至當我已上床，朦朧地想睡了；
人們會說牠沒有禮貌，
但是我們是老朋友。

牠是瑣瑣地永遠不肯休止的，
除非我淒淒地哭了，或是沈沈地睡了：
但是我是永遠不討厭牠，

因爲牠是忠實於我的。

路上的小語

——給我吧，姑娘，那朵簪在你髮上的
小小的青色的花，
牠是會使我想起你底溫柔來的。

——牠是到處都可以找到的，
那邊，你看，在樹林下，在泉邊，
而牠又只會給你悲哀的記憶的。

——給我吧，姑娘，你底像花一樣地燃着的，

像紅寶石一樣地品耀着的嘴唇，
牠會給我蜜底味，酒底味。

——不，牠只有青色的橄欖底味，
和未熟的蘋果底味，
而且是不給說謊的孩子的。

——給我吧，姑娘，那在你衫子下的
你的火一樣的，十八歲的心，
那裏是盛着天青色的愛情的。

——牠是我的，是不給任何人的，

除非別人願意把他自己底眞誠的
來作一個交換，永恆地。

林下的小語

走進幽暗的樹林裏
人們在心頭感到了寒冷，
親愛的，在心頭你也感到寒冷嗎，
當你擁在我懷裏
而且把你的脣黏着我底的時候？

不要微笑，親愛的，
啼泣一些是溫柔的，
啼泣吧，親愛的，啼泣在我底膝上，

在我底胸頭，在我底頸邊。
啼泣不是一個短促的歡樂。

「追隨我到世界的盡頭」，
你固執地這樣說着嗎？
你說得多傻！你去追隨天風吧！
我呢，我是比天風更輕，更輕，
是你永遠追隨不到的。

哦，不要請求我的心了！
牠是我的，是只屬於我的。
什麼是我們的戀愛的紀念嗎？

拿去吧，親愛的，拿去吧，

這沈哀，這絳色的沈哀。

夜是

夜是清爽而溫暖；
飄過的風帶着青春和愛底香味，
我的頭是靠在你裸着的膝上，
你想笑，而我却哭了。

溫柔的是縊死在你底髮上，
牠是那麽長，那麽細，那麽香，
但是我是怕着，那飄過的風
要把我們底青春帶去。

我們只是被年海底波濤
挾着飄去的可憐的 épaves，
不要講古舊的 romance 和理想的夢國了，
縱然你有柔情，我有眼淚。

我是怕着：那飄過的風
已把我們底青春和別人底一同帶去了；
愛呵，你起來找一下吧，
牠可曾把我們底愛情帶去。

獨自的時候

房裏曾充滿過清朗的笑聲，
正如花園裏充滿過薔薇；
人在滿積着的夢的灰塵中抽煙，
沈想着消逝了的音樂。

在心頭飄來飄去的是什麼啊，
像白雲一樣地無定，像白雲一樣地沈鬱？
而且要對牠說話也是徒然的，
正如人徒然地向白雲說話一樣。

幽暗的房裏耀着的只有光澤的木器，
獨語着的煙斗也黯然緘默，
人在塵霧的空間描摹着慘白的裸體
和燒着人的火一樣的眼睛。

爲自己悲哀和爲別人悲哀是一樣的事，
雖然自己的夢是和別人的不同的，
但是我知道今天我是流過眼淚，
而從外邊，寂靜是悄悄地進來。

秋天

再過幾日秋天是要來了，
默坐着，抽着陶器的煙斗，
我已隱隱地聽見牠的歌吹
從江水的船帆上。

牠是在奏着管絃樂：
這個使我想起做過的好夢；
從前我認牠是好友是錯了，
因爲牠帶了憂愁來給我。

林間的獵角聲是好聽的，
在死葉上的漫步也是樂事，
但是，獨身漢的心地我是很清楚的，
今天，我是沒有閒雅的興致。

我對牠沒有愛也沒有恐懼，
我知道牠所帶來的東西的重量，
我是微笑着，安坐在我的窗前，
當浮雲帶着恐嚇的口氣來說：秋天要來了，望舒先生！

對於天的懷鄉病

懷鄉病，懷鄉病，
這或許是一切有一張有些憂鬱的臉，
一顆悲哀的心，
而且老是緘默着，
還抽着一支煙斗的
人們的生涯吧。

懷鄉病，哦，我呵，
我也是這類人之一，

我呢，我渴望着囘返
到那個天，到那個如此青的天
在那裏我可以生活又死滅，
像在母親的懷裏，
一個孩子笑着和哭着一樣。

我呵，我眞是一個懷鄉病者，
是對於天的，對於那如此青的天的，
在那裏我可以安安地睡着
沒有半邊頭風，沒有不眠之夜，
沒有心的一切的煩惱，
這心，牠，已不是屬於我的，

而有人已把牠抛棄了

像人們抛棄了敝屣一樣。

斷指

在一口老舊的，滿積着灰塵的書廚中，
我保存着一個浸在酒精瓶中的斷指；
每當無聊地去翻尋古籍的時候，
牠就含愁地向我訴說一個使我悲哀的記憶。

牠是被截下來的，從我一個已犧牲了的朋友底手上，
牠是慘白的，枯瘦的，和我的友人一樣，
時常縈繫着我的，而且是很分明的，
是他將這斷指交給我的時候的情景：

「爲我保存着這可笑又可憐的戀愛的紀念吧，望舒，
在寥落的生涯中，牠是只能增加我的不幸的了。」
牠的話是舒緩的，沈着的，像一個嘆息，
而他的眼中似乎是含着淚水，雖然微笑是在臉上。

關於他的「可憐又可笑的愛情」我是一些也不知道。
我知道的只是他是在一個工人家裏被捕去的，
隨後是酷刑吧，隨後是慘苦的牢獄吧，
隨後是死刑吧，那等待着我們大家的死刑吧。

關於他「可笑又可憐的愛情」我是一些也不知道。
他從未對我談起過，卽使在喝醉了酒時；

但是我猜想這一定是一段悲哀的故事，他隱藏着。
他想使牠跟着截斷的手指，同被遺忘了。

這斷指上還染着油墨底痕跡，
是赤色的，是可愛的，光輝的赤色的，
牠很燦爛地在這截斷的手指上，
正如他責備別人底懦怯的目光在我們底心頭一樣。

這斷指常帶了輕微又黏着的悲哀給我，
但是牠在我又是一件很有用的珍品，
每當爲了一件瑣事而頹喪的時候，我會說：
「好，讓我拿出那個玻璃瓶來罷。」

戴望舒著

望舒草

上海復興書局印行

望舒草

序

望舒在未去國之前曾經叫我替他底望舒草寫一篇序文，我當時沒有想到寫這篇序文的難處，也就模模糊糊地答應了，一向沒有動筆是不用說。這其間望舒曾經把詩稿全部隨身帶到國外，又從國外相當删改了一些寄囘來，屈指一算，足足有一年的時間輕快地過去了。望舒爲詩，有時苦思終日，不名隻字，有時詩思一到，搖筆可成，我卻素來慣於機械式地寫尅期交卷的文章。祇有這一囘，望舒草出版在卽，催迫得我不能不把一年前許下的願心來還淸的時候，卻還經過幾天的踟躇都不敢下筆。我一時祇想起了望舒詩裏有過這樣的句子：

假如有人問我煩憂的原故，

我不敢說出你的名字。

——煩憂

因爲他底詩是

由眞實經過想像而出來的，不單是眞實，亦不單是想像。

——零札十四

他這樣謹愼着把他底詩作裏的『眞實』巧妙地隱藏在『想像』底屏障裏。假如說，這篇序文底目的是在於使讀者更深一步地了解我們底作者，那麽作者所不『敢』說的眞實，要是連寫序文的人自己都未能參詳，固然無從說起，即使有幸地因朋友關係而知道一二，也何嘗敢於道作者所不敢道？寫這篇序文的精力大概不免要白費吧。

可是，「不單是眞實，亦不單是想像，」這句話倒的確是望舒詩底唯一的眞實了。牠包含着望舒底整個做詩的態度，以及對於詩的見解。抱這種見解的，在近年來國內詩壇上，很難找到類似的例子。牠差不多成爲一個特點。這一個特點，是從望舒開始寫詩的時候起，一貫地發展下來的。

記得他開始寫新詩大槪是在一九二二到一九二四那兩年之間。在年輕的時候，誰都是詩人，那時候朋友們做這種嘗試的，也不單是望舒一個，還有蟄存，還有我自己。那時候我們差不多把詩當做另外一種人生，一種不敢輕易公開於俗世的人生。我們可以說是偸偸地寫着，祕不示人，三個人偶爾交換一看，也不願對方當面高聲朗誦，而且往往很吝惜地立刻就收囘去。一個人在夢裏洩漏自己底潛意識，在詩作裏洩漏隱祕的靈魂，然而也祇是像夢一般地朦朧的。從這種情境，我們體味到詩是一種呑呑吐吐的東西，術語的地來說，牠底動機是在於表現自己與隱藏自己之間。

望舒至今還是這樣。他厭惡別人當面翻閱他底詩集，讓人把自己底作品拿到大庭廣衆之下去宣讀更是辦不到。這種癖性也許會妨礙他使他不可能做成什麽「未冠的月桂詩人」然而這正是望舒。

當時通行着一種自我表現的說法，做詩通行狂叫，通行直說，以坦白奔放爲標榜。我們對於這種傾向私心裏反叛着。記得有一次，記不淸是跟蟄存，還是跟望舒，還是跟旁的朋友談起，說詩如果眞是赤裸裸的本能底流露，那麽野貓叫春應該算是最好的詩了。我們相顧一笑，初不以這話爲鄭重，然而過後一想，倒也並不是完全沒有道理的。

在寫詩的態度方面，我們很早就跟望舒日後才凝固下來的見解隱隱相合了，但是形式方面，卻是一個完全的背馳。望舒日後雖然主張

詩不能借重音樂。

詩的韻律不在字的抑揚頓挫上。

韻和整齊的字句會妨礙詩情或使詩情成爲畸形的。

——零札一五七

可是在當時我們卻誰都一樣，一致地追求着音律的美，努力使新詩成爲跟舊詩一樣地可「吟」的東西。押韻是當然的，甚至還講究平仄聲。譬如隨便舉個例來說，「燦爛的櫻花叢裏」這幾個字可以剖爲三節，每節的後一字，即「爛」字，「花」字，「裏」字，應該平仄相間，纔能上口，「的」字是可以不算在內的，牠底性質跟曲子裏所謂「襯」字完全一樣。這是我們底韻律之大概，誰都極少觸犯；偶一觸犯，即如把前舉例子裏的「叢裏」的「裏」改成「中」字，則幾個同聲字連在一起，就認爲不能「吟」了。

望舒在這個時期內的作品曾經在他底第一個集子我底記憶中題名爲舊錦囊的那一輯裏還存了一部分；這次望舒草編定，卻因爲跟全集形式上不調和的原故，

（也可以說是跟他後來的主張不適合的原故）而完全删去。實際上，他在那個時候所作，倒也並不是全然沒有被保留的價值的。

固定着一個樣式寫，習久生厭；而且我們也的確感覺到刻意求音節的美，有時候倒還不如老實去吟舊詩。我個人寫詩的興致漸漸地淡下去，望舒也非常少作，祇有望舒卻還繼續辛苦地尋求着，并且試驗着各種新的形式。這些作品有一部分隨寫隨廢，也許連望舒自己都沒有保留下來；就是保留的一部分，也因爲是別體而從來未經編集。

一九二五到一九二六，望舒學習法文；他直接地讀了 Verlaine, Fort, Gourmont, Jammes 諸人底作品，而這些人底作品當然也影響他。本來，他所看到而且曾經愛好過的詩派也不單是法國底象徵詩人；而象徵詩人之所以會對他有特殊的吸引力，卻可說是爲了那種特殊的手法恰巧合乎他底既不是隱藏自己，也不是表現自己的那種寫詩的動機的原故。同時，象徵派底獨特的音節也曾使他感到莫大的興味，使他以後不再斤斤於被中國舊詩詞所籠罩住的平仄韻律的推敲。

我個人也可以算是象徵詩派底愛好者，可是我非常不喜歡這一派裏幾位帶神祕意味的作家，不喜歡叫人不得不說一聲『看不懂』的作品。我覺得，沒有眞摯的感情做骨子，僅僅是官能的游戲，像這樣地寫詩也實在是走了使藝術墮落的一條路。在望舒之前，也有人把象徵派那種作風搬到中國底詩壇上來，然而搬來的卻正是『神祕』，是『看不懂』那些我以爲是要不得的成份。望舒底意見雖然沒有像我這樣絕端，然而他也以爲從中國那時所有的象徵詩人身上是無論如何也看不出這一派詩風底優秀來的。因而他自己爲詩便力矯此弊，不把對形式的重視放在內容之上。他底這種態度自始至終都沒有變動過。他底詩曾經有一位遠在北京（現在當然該說是北平）的朋友說，是象徵派的形式，古典派的內容。這樣的說法固然容有太過，然而細閱望舒底作品，很少架空的感情，鋪張而不虛僞，華美而有法度，倒的確走的詩歌底正路。

那個時期內的最顯著的作品便是使望舒底詩作第一次被世人所知道的雨巷。說起雨巷，我們是很不容易把棄聖陶先生底獎掖忘記的。雨巷寫成後差不多有年，在聖陶先生代理編輯小說月報的時候，望舒才忽然想起把牠投寄出去。聖陶先生一看到這首詩就有信來，稱許他替新詩底音節開了一個新的紀元。這封信，大概望舒自己至今還保存着，我現在卻沒有可能直接引用了。聖陶先生底有力的推薦使望舒得到了『雨巷詩人』這稱號，一直到現在。

然而我們自己幾個比較接近的朋友卻並不對這首雨巷有什麼特殊的意見；等到知道了聖陶先生特別賞識這一篇之後，似乎才發現了一些以前所未曾發現的好處來。就是望舒自己，對雨巷也沒有像對比較遲一點的作品那樣地珍惜。望舒自己不喜歡雨巷的原因比較很簡單，就是他在寫成雨巷的時候，已經開始對詩歌底他所謂『音樂的成份』勇敢地反叛了。

人往往會同時走着兩條絕對背馳的道路的：一方面正努力從舊的圈套脫逃出來，而一方又拚命把自己擠進新的圈套，原因是沒有發現那新的東西也是一個圈套。望舒在詩歌底寫作上差不多已經把頭鑽到一個新的圈套裏去了，然而他見得到，而且來得及把已經鑽進去的頭縮回來。一九二七年夏某月，望舒和我都蟄居家鄉，那時候大概雨巷寫成還不久，有一天他突然興致勃發地拿了張原稿給我看，「你瞧我底傑作，」他這樣說。我當下就讀了這首詩，讀後感到非常新鮮；在那裏，字句底節奏已經完全被情緒底節奏所替代，竟使我有點不敢相信是寫了雨巷之後不久的望舒所作。祇在幾個月以前，他還在『徬徨』，『惆悵』，『迷茫』那樣地湊韻脚，現在他是有勇氣寫「牠的拜訪是沒有一定的」那樣自由的詩句了。

他所給我看的那首詩底題名便是我的記憶。

從這首詩起，望舒可說是在無數的歧途中間找到了一條浩浩蕩蕩的大路，而且這樣地完成了。

為自己製最合自己的脚的鞋子

——零札七

的工作。為了這個原故，望舒第一次出集子即命曰『我底記憶』，這一回重編詩集也把牠放在頭上，而屬於前一個時期的雨巷等篇卻也像舊錦囊那一輯一樣地全部删掉了。

這以後，祇除了格調一天比一天蒼老，沉着，一方面又漸次地能夠開徑自行，擺脫下許多外來的影響之外，我們便很難說望舒底詩作還有什麼重大的改變；即使有，那也不再是屬於形式的問題。我們就是說，望舒底作風從我的記憶這一首詩而固定，也未始不可的。

正當藝術上的修養時期初次告一段落的時候，每一個靑年人所逃不了的生活底糾紛便開始蜂擁而來。從一九二七到一九三二去國爲止的這整整五年之間，望舒個人的遭遇可說是比較複雜的。做人的苦惱，特別是在這個時代做中國人的苦惱，並非從養尊處優的環境裏長成的望舒，當然事事遭到，然而這一切卻決不是雖然有時候學着世故而終於不能隨俗的望舒所能應付。五年的奔走，掙扎，當然盡是些徒勞的奔走和掙扎，祇替他換來了一顆空洞的心；此外，我們差不多可以說他是什麼也沒有得到的。再不然，那麼這部望舒草便要算是最大的獲得了吧。

在苦難和不幸底中間，望舒始終沒有抛下的就是寫詩這件事情。這差不多是他靈魂底蘇息，淨化。從烏煙瘴氣的現實社會中逃避過來，低低地吟着

我是比天風更輕，更輕，

是你永遠追隨不到的。

——林下的小語

這樣的句子，想像自己是世俗的網所網羅不到的，而藉此以忘記。詩對於望舒差不多已經成了這樣的作用。

前面剛說過，五年的掙扎祇替望舒換來了一顆空洞的心，他底作品裏充滿着虛無的色彩，也是無須乎我們來替他諱言的。本來，像我們這年歲的稍稍敏感的人，差不多誰都感到時代底重壓在自己底肩仔上，因而吶喊，或是因而幻滅，分析到最後，也無非是同一個根源。我們誰都是一樣的，我們底心裏誰都有一些虛無主義的種子；而望舒，他底獨特的環境和遭遇卻正給予了這種子以極適當的栽培。

在我的記憶寫成的前後，我們看到望舒還不是絕望的。他雖像一位預言家似地料想着生命不像會有什『花兒果兒，』可是他到底還希望着

這今日的悲哀，
會變作來朝的歡快，
——　舊鍋：蓋可知

而有時候也的確以爲
在死棄上的希望又醒了。

他是還不至於弄到厭棄這充滿了『半邊頭風』和『不眠之夜』的塵世，而
——　雨巷：不要這樣盈盈地相看

渴望着回返
到那個天，到那個如此青的天，
——　對於天的懷鄉病

的程度。不幸一切希望都是欺騙，望舒是漸次地發覺得了。終於，連那個無可奈何的對

於天的希望也動搖起來，而且就是像很輕很輕的追隨不到的天風似地飄着也是令人疲倦的。我們如果翻到這本大體是照寫作先後排列的集子底最後，翻到那首差不多灌注着作者底整個靈魂的樂園鳥，便會有怎樣一副絕望的情景顯在我們眼前！在這小小的五節詩裏望舒是把幾年前這樣渴望着囘返去的『那個如此青的天』也懷疑了，而發出

自從亞當夏娃被逐後，
那天上的花園已荒蕪到怎樣了？

的問題來。然而這問題又誰能囘答呢？

從樂園鳥之後，望舒直到現在都沒有寫過一首詩。像這樣長期的空白，從望舒開始寫詩的時候起一直到現在都不曾有過。以後望舒什麽時候能夠再寫詩是誰也不能猜度的：如果寫，寫出怎麽一種傾向的東西來也無從得知。不過這一點是很明顯的：

像這樣的寫詩法對望舒自己差不多不再是一種慰藉，而也成爲苦痛了。這本來是生在這個時代的每一個誠懇的人底命運，我們也不必獨獨替望舒惋惜。

望舒草在這個時候編成，原是再適當不過的；牠是搜集了我的記憶以下以迄今日的詩作底全部，凡四十一篇，末附以詩論零札十七條，這是整存從望舒底手册裏抄下來的一些斷片，給發表在現代二卷一期『創作特大號』上的。至於這篇序文，寫成後卻未經望舒寓目就要趕忙付排，草率之處，不知親切的讀者跟望舒自己肯原諒否。揮汗寫成，我心裏還這樣惴惴着。

一九三二盛暑　杜衡

目次

我的記憶

我的記憶是忠實於我的，
忠實得甚於我最好的友人。

牠生存在燃着的煙卷上，
牠生存在繪着百合花的筆桿上，
牠生存在破舊的粉盒上，

牠生存在頹垣的木莓上，
牠生存在喝了一半的酒瓶上，
在撕碎的往日的詩稿上，在壓乾的花片上，
在悽暗的燈上，在平靜的水上，
在一切有靈魂沒有靈魂的東西上，
牠在到處生存着，像我在這世界一樣。

牠是膽小的，牠怕着人們的喧囂，
但在寂寥時，牠便對我來作密切的拜訪。
牠的聲音是低微的，
但是牠的話卻很長，很長，

很長很瑣碎，而且永遠不肯休
牠的話是古舊的，老講着同樣的故事，
牠的音調是和諧的，老唱着同樣的曲子；
有時牠還模仿着愛嬌的少女的聲音，
牠的聲音是沒有氣力的，
而且還夾着眼淚，夾着太息。

牠的拜訪是沒有一定的，
在任何時間，在任何地點，
時常當我已上牀，朦朧地想睡了；
或是選一個大清早，

人們會說牠沒有禮貌，
但是我們是老朋友。

牠是瑣瑣地永遠不肯休止的，
除非我淒淒地哭了，
或是沉沉地睡了，
但是我永遠不討厭牠，
因爲牠是忠實於我的。

路上的小語

——給我吧，姑娘，那朵簪在你髮上的
小小的靑色的花，
牠是會使我想起你的溫柔來的。

——牠是到處都可以找到的，
那邊，你瞧，在樹林下，在泉邊，

而牠又祇會給你悲哀的記憶的。

——給我吧，姑娘，你的像花一般燃着的，
像紅寶石一般晶耀着的嘴唇，
牠會給我蜜的味，酒的味。

——不，牠祇有青色的橄欖的味，
和未熟的蘋菓的味，
而且是不給說謊的孩子的。

——給我吧，姑娘，那在你衫子下的

你的火一樣的十八歲的心，
那裏是盛着天青色的愛情的。
——牠是我的，是不給任何人的，
除非有人願意把他自己底眞誠的
來作一個交換，永恆地。

林下的小語

走進幽暗的樹林裏，
人們在心頭感到寒冷。
親愛的，在心頭你也感到寒冷嗎，
當你在我的懷裏，
而我們的唇又黏着的時候？

不要微笑，親愛的，
啼泣一些是溫柔的，
啼泣吧，親愛的，啼泣在我的膝上，
在我的胸頭，在我的頸邊：
啼泣不是一個短促的歡樂。

「追隨你到世界的盡頭，」
你固執地這樣說着嗎？
你在戲謔吧！你去追平原的天風吧！
我呢，我是比天風更輕，更輕，
是你永遠追隨不到的。

哦，不要請求我的無用心了！
你到山上去覓珊瑚吧，
你到海底去覓花枝吧；
什麼是我們的好時光的紀念嗎？
在這裏，親愛的，在這裏，
這沉哀，這絳色的沉哀。

夜

夜是清爽而溫暖，
飄過的風帶着青春和愛的香味，
我的頭是靠在你裸着的膝上，
你想微笑，而我卻想啜泣。

溫柔的是縊死在你的髮絲上，

牠是那麼長，那麼細，那麼香；
但是我是怕着，那飄過的風
要把我們的青春帶去。

我們祇是被年海的波濤
挾着飄去的可憐的沈舟，
不要講古舊的綺膩風光了，
縱然你有柔情，我有眼淚。

我是害怕那飄過的風，
那帶去了別人的青春和愛的飄過的風，

牠也會帶去了我們底，
然後絲絲地吹入凋謝了的薔薇花叢。

獨自的時候

房裏曾充滿過清朗的笑聲，
正如花園裏充滿過百合或素馨，
人在滿積着夢的灰塵中抽煙，
沈想着凋殘了的音樂。

在心頭飄來飄去的是什麼啊，

像白雲一樣地無定，像白雲一樣地沈鬱？
而且要對牠說話也是徒然的，
正如人徒然向白雲說話一樣。

幽暗的房裏耀着的祇有光澤的木器，
獨語着的煙斗也黯然緘默，
人在塵霧的空間描摩着白潤的裸體
和燒着人的火一樣的眼睛。

爲自己悲哀和爲別人悲哀是同樣的事，
雖然自己的夢是和別人的不同，

但是我知道今天我是流過眼淚，
而從外邊，寂靜是悄悄地進來。

秋

再過幾日秋天是要來了，
默坐着，抽着陶製的煙斗，
我已隱隱聽見牠的歌吹
從江水的船帆上。

牠是在奏着管絃樂：

這個使我想起做過的好夢；
我從前認牠爲好友是錯了，
因爲牠帶了煩憂來給我。

林間的獵角聲是好聽的，
在死葉上的漫步也是樂事，
但是，獨身漢的心地我是很清楚的，
今天，我沒有這閑雅的興致。

我對牠沒有愛也沒有恐懼，
你知道牠所帶來的東西的重量，

我是微笑着安坐在我的窗前，
當飄風帶着恐嚇的口氣來說：
秋天來了，望舒先生！

對於天的懷鄉病

懷鄉病，懷鄉病，
這或許是一切
有一張有些憂鬱的臉，
一顆悲哀的心，
而且老是緘默着，
還抽着一支煙斗的

人們的生涯吧。

懷鄉病，哦，我啊，
我也許是這類人之一吧；
我呢，我渴望着回返
到那個天，到那個如此靑的天，
在那裏我可以生活又死滅，
像在母親的懷裏，
一個孩子歡笑又啼泣。
我啊，我是一個懷鄉病者：

對於天的，對於那如此靑的天的；
那裏，我是可以安憩地睡眠，
沒有半邊頭風，沒有不眠之夜，
沒有心的一切的煩惱，
這心，牠已不是屬於我的，
而有人已把牠拋棄了
像人們拋棄了敝屣一樣。

印像

是飄落深谷去的
幽微的鈴聲吧，
是航到煙水去的
小小的漁船吧，
如果是靑色的眞珠；
牠已墜到古井的闇水裏。

林梢閃着的頹唐的殘陽
牠輕輕地斂去了
跟着臉上淺淺的微笑。

從一個寂寞的地方起來的，
迢遙的，寂寞的嗚咽，
又徐徐回到寂寞的地方，寂寞地。

到我這裏來

到我這裏來，假如你還存在着，
全裸着，披散了你的髮絲：
我將對你說那祇有我們兩人懂得的話。

我將對你說爲什麼薔薇有金色的花瓣，
爲什麼你有溫柔而馥郁的夢，

在菩提樹下，沈思地，抽着煙。
而我是徒然地等待着你，每一個傍晚，
雖則你的記憶還使我溫柔地顫動，
可是，啊，你是不存在着了，

向我來：你將在我的臂間找到舒適的臥榻。
不要怕我發着異樣的光的眼睛，
除了我的手的顫動和你的心的奔跳：
人們不知道的一切我們都會深深了解，

爲什麼歸燕會從我們的窗間探首進來。

祭日

今天是亡魂的祭日，

我想起了我的死去了六年的友人●

或許他已老一點了，悵惜他愛嬌的妻，

他哭泣着的女兒，他剪斷了的青春。

他一定是瘦了，過着飄泊的生涯，在幽冥中，

但他的忠誠的目光是永遠保留着的，
而我還聽到他往昔的熟稔有勁的聲音，
「快樂嗎，老戴？」（快樂唔，我現在已沒有了。）

他不會忘記了我：這我是很知道的，
因爲他還來找我，每月一二次，在我夢裏，
他老是饒舌的，雖則他已歸於永恆的沈寂，
而他帶着憂鬱的微笑的長談使我悲哀。

我已不知道他的妻和女兒到那裏去了，
我不敢想起她們，我甚至不敢問他，在夢裏；

當然她們不會過着幸福的生涯，
像我一樣，像我們大家一樣。

快樂一點吧，因為今天是亡魂的祭日；
我已為你預備了在我算是豐盛了的晚餐，
你可以找到我園裏的鮮果，
和那你所嗜好的陳威士忌酒。
我們的友誼是永遠地柔和的，
而我將和你談着幽冥中的快樂和悲哀。

煩憂

說是寂寞的秋的悒鬱，
說是遼遠的海的懷念。
假如有人問我煩憂的原故，
我不敢說出你的名字。

我不敢說出你的名字，

假如有人問我煩憂的原故
說是遼遠的海的懷念，
說是寂寞的秋的悒鬱。

百合子

百合子是懷鄉病的可憐的患者，
因爲她的家是在燦爛的櫻花叢裏的；
我們徒然有百尺的高樓和沈迷的香夜，
但溫煦的陽光和樸素的木屋總常在她緬想中。

她度着寂寂的悠長的生涯，

她盈盈的眼睛茫然地望着遠處；
人們說她冷漠的是錯了，
因爲她沉思的眼裏是有着火燄。

她將使我爲她而憔悴嗎？
或許是的，但是誰能知道？
有時她向我微笑着，
而這憂鬱的微笑使我也墮入懷鄉病裏，

她是冷漠的嗎？不。
因爲我們的眼睛是祕密地交談着；

而她是醉一樣地合上了她的眼睛的，
如果我輕輕地吻着她花一樣的嘴唇。

八重子

八重子是永遠地憂鬱着的，
我怕她會鬱瘦了她的青春。
是的，我爲她的健康罣慮着，
尤其是爲她的沈思的眸子。

髮的香味是嚮着遼遠的戀情，

遼遠到要使人流淚；
但是要使她歡喜，我祇能微笑，
祇能像幸福者一樣地微笑。

因爲我要使她忘記她的孤寂，
忘記縈繫着她的渺茫的鄉思，
我要使她忘記她在走着
無盡的，寂寞的凄涼的路。

而且在她的唇上，我要爲她祝福，
爲我的永遠憂鬱着的八重子．

我願她永遠有着意中人的臉，
春花的臉，和初戀的心。

夢都子

——致霞村

她有太多的蜜餞的心——
在她的手上，在她的脣上；
然後跟着口紅，跟着指爪，
印在老紳士的頰上，
刻在醉少年的肩上。

我們是她年靑的爸爸誠然，
但也害怕我們的女兒到懷裏來撒嬌，
因爲在蜜餞的心以外，
她還有蜜餞的乳房，
而在撒嬌之後她還會放肆。

你的襯衣上已有了貫矢的心，
而我的指上又有了紙捻的約指，
如果我愛惜我的秀髮，
那麽你又該受那心願的忤逆。

我的素描

遼遠的國土的懷念者，
我，我是寂寞的生物。

假如把我自己描畫出來，
那是一幅單純的靜物寫生。

我是青春和衰老的集合體，
我有健康的身體和病的心。

在朋友間我有爽直的聲名，
在戀愛上我是一個低能兒。

因爲當一個少女開始愛我的時候，
我先就要慄然地惶恐。

我怕着溫存的眼睛，
像怕初春青空的朝陽。

我是高大的，我有光輝的眼；
我用爽朗的聲音恣意談笑。

但在悒鬱的時候，我是沈默的，
悒鬱着，用我二十四歲的整個的心。

單戀者

我覺得我是在單戀着，
但是我不知道是戀着誰：
是一個在迷茫的煙水中的國土嗎，
是一枝在靜默中零落的花嗎，
是一位我記不起的陌路麗人嗎？
我不知道。

我知道的是我的胸膨脹着，
而我的心悸動着，像在初戀中。

在煩倦的時候，
我常是暗黑的街頭的躑躅者，
我走遍了囂嚷的酒場，
我不想回去，好像在尋找什麽。
飄來一絲媚眼或是塞滿一耳膩語，
那是常有的事。
但是我會低聲說：
「不是你！」然後踉蹌地又走向他處。

人們稱我爲「夜行人」，
儘便吧，這在我是一樣的；
眞的，我是一個寂寞的夜行人，
而且又是一個可憐的單戀者。

老之將至

我怕自己將慢慢地慢慢地老去，
隨着那遲遲寂寂的時間，
而那每一個遲遲寂寂的時間，
是將重重地載着無量的悵惜的。
而在我堅而冷的圈椅中，在日暮，

我將看見，在我昏花的眼前
飄過那些模糊的暗淡的影子：
一片嬌柔的微笑，一隻纖纖的手，
幾雙燃着火焰的眼睛，
或是幾點耀着珠光的眼淚。

是的，我將記不清楚了：
在我耳邊低聲輕語着
「在最適當的地方放你的嘴脣」的，
是那櫻花一般的櫻子嗎？
那是茹麗葉嗎，飄着懶倦的眼

望着她已卸了的錦緞的鞋子？……
這些，我將都記不淸楚了，
因爲我老了。

我說，我是擠着怕老去，
怕這些記憶彫殘了，
一片一片地，像花一樣，
祇留着垂枯的枝條，孤獨地。

秋天的夢

迢遙的牧女的羊鈴
搖落了輕的樹葉。

秋天的夢是輕的，
那是窈窕的牧女之戀。

於是我的夢是靜靜地來了，
但卻載着沈重的昔日。

唔，現在，我是有一些寒冷，
一些寒冷、和一些憂鬱。

前夜

一夜的紀念，呈吶鷗兄

在比志步爾啓碇的前夜，
托密的衣袖變作了手帕，
她把眼淚和着脣脂拭在上面，
要爲他壯行色更加一點粉香。

明天會有太淡的煙和太淡的酒，

和磨不損的太堅固的時間，
而現在，她知道應該有怎樣的忍耐：
托密已經醉了，而且疲倦得可憐。
——
這有橙花香味的南方的少年，
他不知道明天祇能看見天和海——
或許在「家，甜蜜的家」裏他會康健些，
但是他的溫柔的親戚卻要更瘦，更瘦。

我的戀人

我將對你說我的戀人，
我的戀人是一個羞澀的人，
她是羞澀的，有着桃色的臉，
桃色的嘴唇，和一顆天青色的心。

她有黑色的大眼睛，

那不敢凝看我的黑色的大眼睛——
不是不敢，那是因爲她是羞澀的；
而當我依在她胸頭的時候，
你可以說她的眼睛是變換了顏色，
天青的顏色，她的心的顏色。

她有纖纖的手，
牠會在我煩憂的時候安撫我，
她有清朗而愛嬌的聲音，
那是祇向我說着温柔的，
温柔到銷熔了我的心的話的。

她是一個靜嫻的少女，
她知道如何愛一個愛她的人，
但是我永遠不能對你說她的名字，
因爲她是一個羞澀的戀人。

村姑

村裏的姑娘靜靜地走着，
提着她的蝕着青苔的水桶；
濺出來的冷水滴在她的跣足上，
而她的心是在泉邊的柳樹下。

這姑娘會靜靜地走到她的舊屋去，

那在一棵百年的冬青樹蔭下的舊屋，
而當她想到在泉邊吻她的少年，
她會微笑着抿起了她的嘴唇。

她將走到那古舊的木屋邊，
她將在那裏驚散了一羣在啄食的瓦雀，
她將靜靜地走到廚房裏，
又靜靜地把水桶放在乾芻邊。

她將幫助她的母親造飯，
而從田間回來的父親將坐在門檻上抽煙，

她將給豬圈裏的豬餵食，
又將可愛的雞趕進牠們的窠裏去。

在暮色中吃晚飯的時候，
她的父親會談着今年的收成，
他或許會說到她的女兒的婚嫁，
而她便將羞怯地低下頭去。

她的母親或許會說她的懶惰
（她打水的遲延便是一個好例子，）
但是她會不聽到這些話，

因爲她在想着那有點憂鬱的少年。

野宴

對岸青蕪蔭下的野餐，
祇有百里香和野菊作伴；
河水已洗滌了礙人的禮儀，
白雲遂成爲飄動的天幕。

那裏有木葉一般綠的薄荷酒，

和你所愛的芬芳的臘味，
但是這裏有更可口的蘆筍
和更新鮮的乳酪。

我的愛轉的草的小姐，
你是知味的美食家：
先嘗這開胃的飲料，
然後再試那豐盛的名菜。

三頂禮

引起寂寂的旅愁的，
翻着軟浪的暗暗的海，
我的戀人的髮，
受我懷念的頂禮。

戀之色的夜合花，

挑逗的夜合花，
我的戀人的眼，
受我沉醉的頂禮。

給我苦痛的螫的，
苦痛的但是歡樂的螫的，
你小小的紅翅的蜜蜂，
我的戀人的唇，
受我怨恨的頂禮。

二月

春天已在野菊的頭上逡巡着了，
春天已在斑鳩的羽上逡巡着了，
春天已在青溪的藻上逡巡着了，
綠蔭的林遂成為戀的衆香國。

於是原野將聽倦了謊話的交換，

而不載重的無邪的小草
將醉着溫軟的皓體的甜香

於是，在暮色溟濛裏
我將聽了最後一個游女的惋歎，
拈着一枝蒲公英緩緩地歸去。

小病

從竹籬裏滑進來的泥土的香
在淺春的風裏牠幾乎凝住了；
小病的人嘴裏感到了萵苣的脆嫩，
於是遂有了家鄉小園的神往。

小園裏陽光是常在蕓薹的花上吧，

細風是常在細腰蜂的翅上吧，
病人吃的藥般的葉子許被蟲蛀了，
而雨後的韭菜卻許已有甜味的嫩芽了。

現在，我是害怕那使我脫髮的饕餮了，
就是那滑膩的海鰻般美味的小食也得齋戒，
因爲小病的身子在淺春的風裏是軟弱的，
况且我又神往於家園陽光下的萵苣。

款步一

這裏是愛我們的蒼翠的松樹，
牠曾經遮過你的羞澀和我的膽怯，
我們的這個同謀者是有一個好記心的，
現在，牠還向我們說着舊話，但並不揶揄。

還有那多嘴的深草間的小溪，

我不知道牠今天為什麼緘默：
我不看見牠，或許牠已揀一條路走了，
饒舌着，施施然繞着小村而去了。

這邊是來做夏天的客人的閑花野草，
牠們是穿着新裝，像在婚筵裏，
而且在微風裏對我們作有禮貌的禮敬，
好像我們就是新婚夫婦。

我的小戀人，今天我不對你說草木的戀愛，
卻讓我們的眼睛靜靜地說我們自己底，

而且我要用我的舌頭封住你的小嘴唇了，
如果你再說：我已聞到你的願望的氣味。

款步二

答應我繞過這些木柵，
去坐在江邊的遊椅上。
嚙着沙岸的永遠的波浪，
總會從你投出着的素足
撼動你抿緊的嘴脣的。
而這裏，鮮紅并寂靜得

與你底嘴唇一樣的楓林間，
雖然殘秋的風還未來到，
但我已經從你的緘默裏，
覺出了牠的寒冷。

過時

說我是一個在悵惜着，
悵惜着好往日的少年吧，
我唱着我的嶄新的小曲，
而你卻揶揄多麽「過時」！

是呀，過時了，我的「單戀女」

都已經變作婦人或是母親，
而我，我還可憐地年輕——
年輕？不吧，有點靠不住。

是呀，年輕是有點靠不住，
說我是有一點老了吧！
你祇看我拿手杖的姿態
牠會告訴你一切，而我的眼睛亦然。

老實說，我是一個年輕的老人了：
對於秋草秋風是太年輕了，

而對於春月春花卻又太老。

有贈

誰曾爲我束起許多花枝，
燦爛過又頽頓了的花枝，
誰曾爲我穿起許多淚珠，
又傾落到夢裏去的淚珠？

我認識你充滿了怨恨的眼睛，

我知道你願意緘在幽暗中的話語，
你引我到了一個夢中，
我卻又在另一個夢中忘了你。

我的夢和我的遺忘中的人，
哦，受過我暗自祝福的人，
終日有意地灌溉着薔薇，
我卻無心地讓寂寞的蘭花愁謝。

游子謠

海上微風起來的時候，
暗水上開遍青色的薔薇。
——游子的家園呢？

籬門是蜘蛛的家，
土牆是薜荔的家，

枝繁葉茂的果樹是鳥雀的家。

遊子卻連鄉愁也沒有，
他沈浮在鯨魚海蛑間：
讓家園寂寞的花自開自落吧。

因爲海上有靑色的薔薇，
游子要縈繫他冷落的家園嗎？
還有比薔薇更清麗的旅伴呢。

清麗的小旅伴是更甜蜜的家園，

游子的鄉愁在那裏徘徊躑躅。
唔，永遠沉浮在鯨魚海蟒間吧。

秋蠅

木葉的紅色，
木葉的黃色，
木葉的土灰色：
窗外的下午！

用一雙無數的眼睛，

衰弱的蒼蠅望得昏眩。
這樣窒息的下午啊！
牠無奈地搔着頭搔着肚子。

木葉，木葉，木葉，
無邊木葉蕭蕭下。

玻璃窗是寒冷的冰片了，
太陽祇有蒼茫的色澤。
巡迴地散一次步吧！
牠覺得牠的腳輭。

紅色，黃色，土灰色，
昏眩的萬華筒的圖案啊！

迢遙的聲音，古舊的，
大伽藍的鐘磬？天末的風？
蒼蠅有點僵木，
這樣沉重的翼翅啊！

飄下地，飄上天的木葉旋轉着，
紅色，黃色，土灰色的錯雜的迴輪。

無數的眼睛漸漸模糊，昏黑，
什麽東西壓到輕綃的翅上，
身子像木葉一般地輕，
載在巨鳥的翎翮上嗎？

夜行者

這裏他來了：夜行者！
冷清清的街上有沈着的跫音，
從黑茫茫的霧，
到黑茫茫的霧。

夜的最熟稔的朋友，

他知道牠的一切瑣碎，
那麼熟稔，在牠的薰陶中
他染了牠一切最古怪的脾氣。

夜行者是最古怪的人。
你看他走在黑夜裏：
戴着黑色的氈帽，
邁着夜一樣靜的步子。

微辭

園子裏蜨褪了粉蜂褪了黃，
則木葉下的安息是允許的吧，
然而好弄玩的女孩子是不肯休止的，
「你瞧我的眼睛，」她說，「牠們恨你！」

女孩子有恨人的眼睛，我知道，

她還有不潔的指爪，
但是一點恬靜和一點懶是需要的，
祇聽那新葉下靜靜的蜂蝶。

魔道者使用曼陀羅根或是枸杞，
而人卻像花一般地順從時序，
夜來香嬌妍地開了一個整夜，
朝來送入溫室一時能重鮮嗎？

園子都已恬靜，
蜂蝶睡在新葉下，

遲遲的永晝中

無厭的女孩子也該休止。

妾薄命

一枝，兩枝，三枝，
牀巾上的圖案花
爲什麼不結葉子啊！
過去了：春天，夏天，秋天。
明天夢已凝成了冰柱；

還會有溫煦的太陽嗎？
縱然有溫煦的太陽，跟着樂溜，
去尋墜夢的玎玲吧！

少年行

是簪花的老人呢，
灰暗的籬笆披着薔蘿；
舊曲在顫動的枝葉間死了，
新蛻的蟬用單調的生命賡續。

結客尋歡都成了後悔，
還要學少年的行蹤嗎？

平靜的天，平靜的陽光下，
爛熟的菓子平靜地落下來了。

旅思

故鄉蘆花開的時候，
旅人的鞋跟染着征泥，
黏住了鞋跟，黏住了心的征泥，
幾時經可愛的手拂拭？

棧石星飯的歲月，

驟山驟水的行程：
祇有寂靜中的促織聲，
給旅人嘗一點家鄉的風味。

不寐

在沈靜底音波中，
每個愛嬌的影子
在眩暈的腦裏
作瞬間的散步；

祇是短促的瞬間，

然後列成桃色的隊伍：
月移花影地淡然消溶
飛機上的閱兵式。

掌心抵着炎熱的前額，
腕上有急促的溫息；
是那一宵的覺醒啊？
這種透過皮膚的溫息。

讓沈靜底最高的音波
來震破脆弱的耳膜吧。

窒息的白色的帳子牆……

什麽地方去喘一口氣呢？

深閉的園子

五月的園子
已花繁葉滿了，
濃蔭裏卻靜無鳥喧。

小徑已鋪滿苔蘚，
而籬門的鎖也鏽了——

主人卻在迢遙的太陽下。

在迢遙的太陽下，
也有璀燦的園林嗎？
陌生人在籬邊探首，
空想着天外的主人。

燈

士爲知己者用，
故承恩的燈
遂做了戀的同謀人：
作憧憬之霧的
靑色的燈，
作色情之屏的

桃色的燈。

因爲我們知道愛燈，
如仁者樂山，智者樂水，
爲供牠的法眼的鑑賞
我們展開祕藏的風俗畫：
燈卻不笑人的風魔。

在燈的友愛的光裏，
人走進了美容院；
千手千眼的技師，

替人勻着最宜雅的脂粉，
於是我們便目不暇給。

太陽祇發着學究的教訓，
而燈光卻作着親切的密語，
至於交頭接耳的暗黑，
就是饕餮者的施主了。

尋夢者

夢會開出花來的，
夢會開出嬌妍的花來的：
去求無價的珍寶吧。

在青色的大海裏，
在青色的大海的底裏，

深藏着金色的貝一枚。

你去攀九年的冰山吧，
你去航九年的旱海吧，
然後你逢到那金色的貝。

牠有天上的雲雨聲，
牠有海上的風濤聲，
牠會使你的心沈醉。

把牠在海水裏養九年，

把牠在大水裏養九年，
然後，牠在一個暗夜裏開綻了。

當你鬢髮斑斑了的時候，
當你眼睛朦朧了的時候，
金色的貝吐出桃色的珠。

把桃色的珠放在你懷裏，
把桃色的珠放在你枕邊，
於是一個夢靜靜地昇上來了。

你的夢開出花來了，
你的夢開出嬌妍的花來了，
在你已衰老了的時候。

樂園鳥

飛着，飛着，春，夏，秋，冬，
晝，夜，沒有休止，
華羽的樂園鳥，
這是幸福的雲游呢，
還是永恆的苦役？

渴的時候也飲露，
飢的時候也飲露，
華羽的樂園鳥，
這是神仙的佳餚呢，
還是為了對於天的鄉思。

是從樂園裏來的呢，
還是到樂園裏去的？
華羽的樂園鳥，
在茫茫的青空中，
也覺得你的路途寂寞嗎？

假使你是從樂園裏來的，
可以對我們說嗎，
華羽的樂園鳥，
自從亞當——夏娃被逐後，
那天上的花園已荒蕪到怎樣了？

附：詩論零札

一

詩不能借重音樂，牠應該去了音樂的成分。

二

詩不能借重繪畫的長處。

三

單是美的字眼的組合不是詩的特點。

四

象徵派的人們說：『大自然是被淫過一千次的娼婦。』但是新的娼婦安知不會被淫過一萬次。被淫的次數是沒有關係的，我們要有新的淫具，新的淫法。

五

詩的韻律不在字的抑揚頓挫上，而在詩的情緒的抑揚頓挫上，卽在詩情的程度上。

六

新詩最重要的是詩情上的 nuance 而不是字句上的 nuance。

七

韻和整齊的字句會妨礙詩情，或使詩情成為畸形的。倘把詩的情緒去適應呆滯的，表面的舊規律，就和把自己的足去穿別人的鞋子一樣。愚劣的人們削足適履，比較聰明一點的人選擇較合脚的鞋子、但是智者卻為自己製最合自己的脚的鞋子。

八

詩不是某一個官感的享樂，而是全官感或超官感的東西。

九

新的詩應該有新的情緒和表現這情緒的形式。所謂形式，決非表面上的字的排列，也決非新的字眼的堆積。

十

不必一定拿新的事物來做題材（我不反對拿新的事物來做題材）舊的事物中也能找到新的詩情。

十一

舊的古典的應用是無可反對的，在牠給予我們一個新情緒的時候。

十二

不應該有祇是炫奇的裝飾癖，那是不永存的。

十三

詩應該有自己的originalité，但你須使牠有cosmopolité性，兩者不能缺一。

十四

詩是由眞實經過想像而出來的，不單是眞實，亦不單是想像。

十五

詩應當將自己的情緒表現出來，而使人感到一種東西，詩本身就像是一個生物，不是無生物。

十六

情緒不是用攝影機攝出來的，牠應當用巧妙的筆觸描出來。這種筆觸又須是活的，千變萬化的。

十七

祇在用某一種文字寫來，某一國人讀了感到好的詩，實際上不是詩，那最多是文字的魔術。眞的詩的好處並不就是文字的長處。